*Princess*

L'ombre du Chat

## Bruno Muscat

Tout petit, il adorait se déguiser en chevalier et sauver les princesses avec son épée en plastique. Trente ans plus tard, Bruno Muscat est journaliste à *Astrapi*. Raconter des histoires est devenu son métier, et les châteaux forts le font toujours autant rêver.

## Philippe Sternis

est surtout connu pour ses bandes dessinées : il a publié ses premières planches en 1974 dans le journal *Record*, avant de créer d'autres séries pour Bayard Presse. En 2000, il a publié *Pyrénée*, chez Vents d'Ouest, qui a reçu de nombreux prix, dont celui du festival de Creil.

BRUNO MUSCAT • PHILIPPE STERNIS

# Princesse Zélina

## L'ombre du Chat

bayard poche

## Prologue

La princesse Zélina est l'héritière du royaume de Noordévie, une lourde responsabilité qui ne l'empêche pas de mordre la vie à pleines dents, de s'amuser et d'aimer comme toutes les demoiselles de son âge.

Hélas, comploteurs et félons rôdent autour de l'insouciante jeune fille…

Parviendra-t-elle, une fois de plus, à échapper aux dangers qui la menacent ?

Rien n'est moins sûr !

# 1
# Le cousin de Malik

Sur le quai de Sérénissima, la célèbre cité aux mille canaux, une foule nombreuse se pressait au pied du bateau qui venait d'accoster. Il arrivait d'Obéron, la fière capitale du royaume de Noordévie. Penchée sur le bastingage, Zélina remarqua un élégant jeune homme qui jouait des coudes parmi les badauds pour s'approcher de la passerelle. Malik l'aperçut, lui aussi, et un grand sourire illumina son visage :

*L'ombre du Chat*

– Lorenzo !

Entraînant sa bien-aimée sur la terre ferme, le prince se jeta dans les bras du jeune homme :

– Mon cher cousin ! Ça fait tellement longtemps…

– Depuis que tu es parti faire tes études à Obéron, où tu n'as pas perdu ton temps ! répondit Lorenzo en jetant un coup d'œil malicieux en direction de la princesse.

Malik prit la main de son amoureuse :

– C'est vrai… Lorenzo, je te présente Zélina, dont je t'ai tant parlé dans mes lettres… Zélina, voici mon cousin Lorenzo, consul* du Loftburg à Sérénissima.

Lorenzo s'inclina avec respect :

– Majesté, c'est un immense honneur pour moi d'être, pendant ces quelques jours, l'hôte de l'héritière de Noordévie !

D'un geste, la princesse invita le consul à se relever :

---

\* Personne dont le métier est de représenter les intérêts d'un pays dans un autre pays.

— Tout l'honneur est pour moi, seigneur Lorenzo. Et je vous en prie, renoncez au « Majesté » ; appelez-moi simplement Zélina !

Soudain, un grand brouhaha retentit derrière les jeunes gens. Ils se retournèrent ; d'énormes malles flottaient dans les airs, et les porteurs affolés couraient dans tous les sens en hurlant à la sorcellerie. La princesse expliqua, un peu gênée :

— Excusez ma marraine, la fée Rosette : elle a une façon bien à elle de s'occuper des bagages !

La petite fée empila prestement les malles sur le quai, puis elle salua Lorenzo à son tour :

— Mes hommages, Excellence ! Si vous saviez combien il me tarde de découvrir votre ville !

Les lèvres pincées, Zélina maugréa :

— Père a bien voulu que Malik m'invite au carnaval de Sérénissima pour la Saint-Valentin, mais à la condition que marraine veille sur moi. Comme si j'étais encore une petite fille…

*Le cousin de Malik*

Rosette fronça les sourcils :

— Ne te plains pas, ma filleule. Tu as échappé à ta chère marâtre, la reine Mandragone, qui t'aurait accompagnée si elle n'était pas fort opportunément tombée malade… Et puis, je suis d'accord avec ton père : tu es encore trop jeune pour voyager sans être accompagnée !

Zélina leva les yeux au ciel, excédée :

— Pff… C'est vraiment n'importe quoi !

Embarrassé par cette petite dispute, Lorenzo toussota, puis il montra à ses invités une longue barque noire adossée à un ponton :

— Hum, hum… Mes amis, voici ma gondole. Si vous voulez bien monter à bord, vos bagages nous suivront par la terre…

# 2
## Comme dans un rêve...

La gondole remonta lentement le Grand Canal qui traversait Sérénissima. Au bord de l'eau, les palais rivalisaient de grâce et de richesse. Zélina, subjuguée par le somptueux spectacle qui s'offrait à ses yeux, n'arrêtait pas de s'extasier :

— Regardez ! le pont des Sanglots ! Il est encore plus beau que dans les livres... Et là, la place Saint-Maxime, avec son campanile et ses pigeons...

## L'ombre du Chat

Le consulat* du Loftburg se trouvait un peu à l'écart de l'agitation de la ville. L'élégante demeure, à la façade finement ouvragée, disposait d'un jardin charmant et d'un ponton privé le long duquel la gondole vint accoster. La princesse était aux anges :

— Quel endroit délicieux, cher Lorenzo ! On se croirait au paradis !

L'enthousiasme de Zélina fit sourire le cousin de Malik.

— Rassurez-vous, mademoiselle, cet endroit est bien de ce monde ! Et ce palais est très modeste par rapport à bien d'autres ici…

Avec agilité, le jeune homme sauta sur le quai :

— Donnez-moi la main, je vais vous le faire visiter !

\* Lieu où travaille et habite le consul.

*Comme dans un rêve...*

Les trois amis descendirent de la gondole et pénétrèrent dans le consulat. Zélina n'avait jamais rien vu d'aussi raffiné. Les murs étaient couverts de fresques splendides et de sublimes tapisseries, les pièces remplies de meubles ouvragés. Tout ici respirait le luxe et le bon goût.

– À côté de votre demeure, le château de mon père ressemble à un relais de chasse ! plaisanta Zélina.

— En effet, tu es fort bien installé, mon cousin ! renchérit Malik.

— Notre royaume du Loftburg entretient depuis longtemps des relations très courtoises avec Son Excellence le doge* de Sérénissima, expliqua Lorenzo. Nos affaires ici sont plutôt prospères...

Le jeune homme posa sa main sur le bras de Zélina qui s'éventait :

— Mais je manque à tous mes devoirs : le voyage a été long... Peut-être désirez-vous vous rafraîchir un peu ?

Zélina acquiesça. Le consul guida alors ses invités jusqu'à un large escalier qu'ils gravirent ensemble :

— Je vais vous montrer vos chambres.

Arrivé sur le palier, Lorenzo poussa la porte d'un somptueux appartement.

— Mesdames, voici votre suite, annonça-t-il. Je pense que vous y serez à l'aise...

---

* Souverain élu d'une ville. Autrefois, il y avait un doge à Venise, une ville italienne qui ressemble beaucoup à Sérénissima...

*Comme dans un rêve...*

– Quel enchantement ! s'exclama Zélina, éblouie, en découvrant les immenses lits à baldaquin dorés, les murs tendus de satin rose brodé et les statues de marbre blanc. Nous allons être comme des reines ici. N'est-ce pas, marraine ?

– C'est un vrai conte de fées, gloussa Rosette.

Lorenzo sourit et se tourna vers son cousin :

– Malik, ta chambre est en face, de l'autre côté du couloir. Elle est plus modeste, mais je n'ai pas

voulu trop t'éloigner de ta princesse. Ce soir, nous sommes invités au premier grand bal du carnaval, celui du signore Sforza. Chers amis, vous trouverez de quoi vous habiller dans vos armoires…

Zélina écarquilla les yeux :

– Nous habiller ?

– Comme on doit l'être à carnaval…, compléta Lorenzo, énigmatique. Maintenant, veuillez m'excuser, mais mes affaires m'appellent. Rendez-vous à huit heures à côté de la fontaine du jardin.

Le jeune homme se retira. Zélina et Rosette, dévorées par la curiosité, ne résistèrent pas à l'envie de regarder aussitôt à l'intérieur de l'armoire, sous le regard amusé de Malik. Elles ne furent pas déçues… La princesse découvrit une robe de soie sauvage, rehaussée de perles, de dentelles et de fils d'argent. À ses pieds étaient posés un élégant tricorne et un masque de biche. Quant à Rosette, un magnifique costume de libellule l'attendait suspendu sur un cintre minuscule.

*Comme dans un rêve...*

— Regarde, ma chérie ! s'enthousiasma la petite fée. Je n'ai jamais vu une étoffe aussi fine et bien coupée…

Zélina posa sa robe contre elle et s'admira dans le miroir :

— Elle est exactement à ma taille ! Mais… comment Lorenzo a-t-il pu savoir ?

Elle regarda sa marraine, l'air faussement soupçonneux. Celle-ci secoua la tête en s'esclaffant :

— Je n'y suis pour rien, je t'assure !

— Alors… qui ?

La princesse se retourna vers Malik, et elle comprit en voyant s'empourprer les joues de son bien-aimé. Elle se précipita vers lui, rayonnante :

— Mon amour, vous êtes fou ! Vous et votre cousin !

# 3
# Avec les compliments du Chat !

À huit heures précises, les quatre amis se retrouvèrent à côté de la fontaine. Malik avait revêtu un superbe costume de sultan ; Lorenzo portait un ample manteau rouge, un chapeau noir et un large masque au nez pointu qui lui couvrait tout le haut du visage. Rosette, pour sa part, faisait une libellule plus que convaincante… Quant à Zélina, elle était étincelante dans sa sublime robe de soie !

*L'ombre du Chat*

— Vous êtes méconnaissables ! s'esclaffa la jeune fille en admirant les deux garçons.

— C'est la tradition pendant le carnaval : personne ne doit savoir qui se cache sous votre déguisement…, lui répondit Lorenzo.

Ils se rendirent en gondole chez le signore Sforza. Lorenzo guida ses compagnons vers l'étage où se déroulait la réception. Ils s'y mêlèrent à la foule bigarrée des convives masqués.

La fête commença par un souper aux chandelles et se prolongea par un bal somptueux. Zélina, éblouie, se laissa vite emporter par l'ambiance festive qui régnait dans le palais des Sforza. Elle accepta même un petit verre de vin ambré, elle qui n'avait jamais bu la moindre goutte d'alcool. Rosette la regarda avec un air réprobateur, mais la princesse l'ignora : elle était bien décidée à profiter de tous les plaisirs de cette belle soirée au bras de son prince charmant !

Toutefois, après quelques danses endiablées, la tête se mit à lui tourner. Était-ce le vin, était-ce la

musique ? Peut-être les deux à la fois… Toujours est-il qu'elle demanda à son cavalier l'autorisation de s'éclipser un instant pour aller se reposer sur la terrasse.

– Voulez-vous que je vous accompagne ? lui proposa Malik, un peu inquiet.

– Non, non…, assura-t-elle. Restez plutôt ici avec votre cousin, vous avez tant de choses à vous raconter !

*L'ombre du Chat*

Accoudée au balcon, elle respira à pleins poumons l'air de Sérénissima. La fraîcheur du dehors dissipa sa griserie. Elle admira le spectacle magique qui s'offrait à ses yeux. Quelle chance elle avait d'être ici, dans cette ville si romantique, avec son amoureux ! Alors qu'elle savourait ce moment, un hurlement retentit dans le grand escalier :

– Mes bijoux ! On a volé mes bijoux !

Zélina frissonna et rejoignit Malik et Lorenzo, qu'elle mit quelques instants à retrouver dans la cohue.

Lorenzo lui raconta l'incident qui venait de se produire : la signora Sforza était remontée dans ses appartements pour changer de toilette et avait découvert son coffre à bijoux vide. Les soldats du guet ne tardèrent pas à investir le palais, et ils interrogèrent les invités. Après une rapide enquête, leur capitaine annonça que le voleur s'était introduit par une fenêtre ouverte, laissant comme seul indice une carte posée sur le coffre sur laquelle était écrit :

*Avec les compliments du Chat !*

Le signore Sforza offrit une grosse récompense à quiconque retrouverait celui qui se faisait appeler « le Chat », puis il ordonna aux musiciens de recommencer à jouer.

Petit à petit, la fête reprit ses droits. Zélina tendit sa main à Malik et l'attira vers elle :

– Que tout cela ne nous empêche pas de danser…

*L'ombre du Chat*

Devant le magnifique couple qu'ils formaient, les danseurs s'écartèrent respectueusement. Seule Rosette ronchonnait de les voir ainsi enlacés.

Au moment où les deux tourtereaux entamaient leur seconde valse, une voix tonna derrière Zélina :

– C'est un scandale !

La princesse se retourna et découvrit ahurie… sa parfaite jumelle ! La femme qui se tenait devant elle portait une tenue en tous points identique à la sienne. L'outragée retira rageusement son masque :

– Mademoiselle, comment osez-vous porter la même robe que moi ?

Zélina balbutia :

– Mais, madame, je…

– Il n'y a pas de mais ! On n'humilie pas ainsi Cornelia Galfieri !

Heureusement, Lorenzo dissipa vite le malentendu :

– Signora Galfieri, je suis l'unique respon-

sable… C'est moi qui ai offert cette robe à Sa Majesté de Noordévie !

*L'ombre du Chat*

Quand Cornelia apprit que son imitatrice involontaire n'était autre que Son Altesse la princesse Zélina, elle se radoucit aussitôt et se confondit en excuses :

– Majesté… que je m'en veux… je suis parfois si impulsive !

– Madame, ce n'est pas si grave…

– Non, non, non… Je me suis emportée et je n'aurais pas dû ! Comment pourrais-je me faire pardonner ?

Cornelia réfléchit un instant :

– Accepteriez-vous, vous et vos amis, d'être mes invités au bal que je donne demain au Grand Théâtre de Sérénissima ?

– Ce sera avec plaisir ! accepta la princesse, peu rancunière.

– Un plaisir partagé…, s'écria Cornelia, enjouée, avant de tourner les talons.

Alors que la signora Galfieri disparaissait dans la foule, Zélina, encore étourdie par cette

rencontre, remarqua une étrange traînée derrière la noble dame. Une traînée d'épluchures de cacahuètes…

# 4
# Un petit verre de rien du tout

Sur les coups de minuit, le palais commença à se vider. Lorenzo et ses hôtes regagnèrent, eux aussi, leur gondole. La discussion se porta rapidement sur les événements de la soirée.

– Pauvre madame Sforza…, soupira Zélina. J'espère qu'elle retrouvera bientôt ses bijoux !

– Quelle audace, quand même, ce « Chat » ! déclara Lorenzo. Je me demande par où il est passé pour entrer par la fenêtre…

— Il n'a quand même pas escaladé la façade, renchérit Malik. D'abord, ce n'est pas très discret. Ensuite, la façade est si abrupte qu'il lui aurait fallu être aussi agile qu'un singe. Or, il ne me semble pas avoir croisé de singe au bal…

Les trois amis s'esclaffèrent. Alors que leurs spéculations allaient bon train, Zélina se retourna vers Rosette.

— Et toi, marraine, que penses-tu de tout ça ?

La petite fée haussa les épaules. Depuis la fin du bal, elle arborait une moue boudeuse et n'avait pas dit un mot. Gênée, la princesse n'insista pas. Malik changea fort opportunément de sujet de conversation :

— Parlez-nous un peu de la signora Galfieri, cher cousin.

Lorenzo raconta que Cornelia était à la tête de l'une des plus grandes fortunes de Sérénissima. Son père, un armateur, avait disparu l'an dernier lors du naufrage de son navire au large des Indes. Déjà orpheline de mère depuis sa naissance,

*Un petit verre de rien du tout*

Cornelia avait hérité de tous ses biens. Elle vivait maintenant seule dans le magnifique palais familial situé le long du Grand Canal.

Zélina caressa rêveusement l'onde de sa main :

– Eh bien, espérons que le Chat ne s'invitera pas à sa fête !

*L'ombre du Chat*

Dès que Zélina et Rosette furent rentrées dans leurs appartements, la petite fée laissa éclater sa colère :

— Ma chérie, tu as vu comment tu dansais ce soir ? Tout le monde ne regardait que toi ! J'aimerais quand même que tu sois plus discrète... Et que tu t'abstiennes de boire du vin !

Zélina la regarda, interloquée. Bien sûr, elle avait profité de la soirée, mais qu'avait-elle fait de mal ? Décidément, Rosette prenait trop au sérieux son rôle de chaperon !

— Marraine, n'exagère pas ! Je n'ai bu qu'un petit verre de rien du tout...

La fée insista :

— N'oublie pas que tu représentes ton pays. Et que ton père m'a chargée de veiller sur toi...

Zélina ronchonna. Elle croyait entendre Mandragone.

— Mon père, pff... il est loin, mon père ! Pour une fois qu'on s'amuse, tu ne vas pas nous gâcher le plaisir !

*Un petit verre de rien du tout*

Rosette détestait être autoritaire. Cependant, elle avait à cœur de bien remplir sa mission. Elle s'énerva :

– À partir de maintenant, fais-moi le plaisir d'être raisonnable, sinon…

– Sinon quoi ? Tu vas tout rapporter à ma charmante belle-mère, c'est ça ? ricana la princesse.

Le visage de la fée s'empourpra :

– Tu dois m'obéir, ma chère, que ça te plaise ou non…

Mais déjà Zélina lui tournait le dos.

*L'ombre du Chat*

– Oh, je suis assez grande pour faire ce que je veux…

– Bon, puisque tu le prends comme ça…

Rosette ne termina pas sa phrase. Jamais personne n'avait osé lui parler sur ce ton… Excédée et vexée, elle battit rageusement des ailes et disparut dans la nuit par la fenêtre entrouverte.

Zélina regretta aussitôt ses paroles. C'était la première fois qu'elle se disputait avec sa marraine ; elle sentait qu'elle l'avait blessée. Une larme amère coula sur sa joue. En l'essuyant avec son mouchoir, elle se demanda si ce voyage en amoureux avec Malik ne lui était pas un peu monté à la tête, comme le verre de vin du signore Sforza…

# 5
# Panique au théâtre !

Le lendemain, lorsque la princesse se réveilla, elle était seule dans sa chambre. Elle contempla avec tristesse le lit vide de Rosette. La petite fée n'était pas rentrée de la nuit. Toute la journée, Zélina attendit sa marraine pour s'excuser d'avoir été si capricieuse. Mais celle-ci ne daigna pas se montrer. Connaissant le caractère parfois susceptible de Rosette, la jeune fille ne s'inquiéta pas trop.

*L'ombre du Chat*

— Et puis zut, finit-elle par se dire, si elle veut bouder, je n'y peux rien ! Ce n'est pas cela qui va m'empêcher de profiter du carnaval et de la réception de la signora Galfieri…

La nuit venue, les gondoles se pressèrent sur le quai du Grand Théâtre. Sa façade, illuminée par des centaines de lanternes, scintillait au clair de lune. La princesse et ses amis furent accueillis dans le hall de l'auguste édifice par une Cornelia resplendissante. Tenant son masque à la main, elle était d'une élégance à couper le souffle. À ses oreilles pendaient deux diamants exceptionnels, chacun de la taille d'une petite poire.

— Mes amis, s'il vous plaît, suivez-moi, leur dit-elle. Nous allons nous rendre dans ma loge, d'où nous assisterons au spectacle !

Cornelia les guida jusqu'à la tribune la plus luxueuse. Lorsqu'elle y fit son entrée avec ses invités, un tonnerre d'applaudissements monta de la

salle. Un grand sourire illumina son visage tandis qu'elle saluait la foule debout. Elle pria alors Zélina, bouche bée, de s'asseoir dans le fauteuil voisin du sien. Malik et Lorenzo prirent place à leurs côtés.

— C'est mon arrière-grand-père qui a donné ce merveilleux théâtre à la ville, et je m'y sens un peu chez moi, expliqua Cornelia. La tradition veut que ma famille, à chaque carnaval, offre aux habitants de Sérénissima un opéra, suivi d'un grand bal dans le foyer du théâtre.

## L'ombre du Chat

L'obscurité se fit dans la salle.

– Attention, je crois que ça va commencer…

L'orchestre s'accorda un instant, les trois coups résonnèrent et le rideau se leva. Très vite, Zélina se laissa porter par les voix des chanteurs, la force de l'histoire et la magnificence des costumes. La jeune fille s'abandonna tout entière au spectacle féerique qui se déroulait devant ses yeux. Jusqu'à ce qu'une plainte terrible la tire de son rêve.

*Panique au théâtre !*

Elle aperçut la silhouette de Cornelia, debout dans la pénombre, les mains sur ses tempes.

– Mes boucles… mes boucles d'oreilles ont disparu !

Aussitôt, la musique se tut, la lumière revint. Cornelia et ses invités cherchèrent les diamants dans la loge. Mais ils restèrent introuvables… La princesse tenta de consoler son amie désemparée :

– On va retrouver vos bijoux…

*L'ombre du Chat*

Cornelia, en larmes, se pressa contre Zélina :
— Ces boucles sont un souvenir… snif… de mon pauvre père défunt… C'est lui qui me les avait offertes… pour le dernier anniversaire que nous avons fêté ensemble.

Zélina n'en revenait pas. Comment avait-on pu s'approcher autant d'elles sans qu'elles s'en aperçoivent ? Les cambrioleurs de Sérénissima ne manquaient décidément pas de sang-froid… Lorsqu'elle aida Cornelia à s'asseoir, le pied de cette dernière renversa le sac de la princesse qui était posé à côté de sa chaise. Son contenu se répandit sur le sol. Cornelia, éplorée, bredouilla des excuses et se pencha pour aider Zélina à ramasser ses affaires.

Alors, elle se figea. Au milieu des effets éparpillés de son invitée, elle venait d'apercevoir quelques bristols qu'elle reconnut aussitôt. Des cartes, des cartes de visite signées du Chat ! La signora Galfieri se redressa et repoussa violemment Zélina.

*Panique au théâtre !*

— Voleuse !

Puis, se tournant vers les gardes qui venaient d'entrer dans la loge :

— Qu'on fouille cette gredine !

Les gardes ne tardèrent pas à retrouver l'une des boucles d'oreilles de Cornelia glissée dans la ceinture de soie de la princesse. Stupéfaits, Malik et Lorenzo assistèrent impuissants à la scène.

— Mais…, tenta de se défendre Zélina, je… je ne comprends pas.

L'ombre du Chat

— Ah, vous cachiez bien votre jeu sous vos airs de Sainte-nitouche, mademoiselle Zélina de Noordévie ! cracha l'outragée. Ou peut-être devrais-je vous appeler… LE CHAT !

Le capitaine des gardes s'approcha de la fille du roi Igor et lui lia les poignets dans le dos.

— Au nom du doge de Sérénissima, je vous arrête, vous et vos deux complices !

Les soldats traînèrent dehors la petite princesse qui clamait son innocence, ainsi que ses deux amis.

— Vous avez trahi ma confiance ! hurlait Cornelia. Puissiez-vous moisir en prison jusqu'à la fin de vos jours !

# 6
# Prisonnière !

Quelques instants plus tard, Zélina, Malik et Lorenzo furent jetés chacun dans un cachot de la Tour de l'Oubli, la sinistre prison de Sérénissima. La princesse entendit la clé tourner dans la serrure et les gardes s'éloigner.

– Ce n'est pas possible, c'est un cauchemar…

Elle se traîna en sanglotant jusqu'au mur et s'adossa contre la pierre froide. La tête entre les

*L'ombre du Chat*

genoux, elle resta longtemps à pleurer. Quand le torrent de ses larmes s'assécha enfin, le soleil commençait à poindre. Elle reprit un peu espoir : quelqu'un allait dissiper ce malentendu, elle en était sûre. On n'allait pas tarder à ouvrir la porte de sa cellule et à la libérer, ce n'était qu'une question d'heures !

Mais le jour passa et personne ne vint… Tandis qu'elle commençait à se dire que tout était perdu, des bribes de conversation en provenance du fond du couloir parvinrent jusqu'à sa cellule.

– Guido, veinard, tu as fini ton service !

*Prisonnière !*

Le dénommé Guido maugréa :

– Ne m'en parle pas… Cette nuit, je suis réquisitionné pour assurer la sécurité au bal masqué que le doge donne dans son palais.

La jeune captive tendit l'oreille.

– Il doit être huit heures… Tu as encore une heure pour aller te soûler à la taverne ! plaisanta l'autre garde, avant d'ajouter en baissant d'un ton :

– Dis, d'après toi, c'est vrai ce qu'on dit à propos du masque d'or de Don Pizario l'explorateur ?

– Qu'on pourrait acheter un palais avec chaque pierre précieuse qu'il y a dessus ? Si tu veux aller le voir, je te laisse ma place, Bernardo !

Don Pizario… Zélina se souvint avoir déjà entendu ce nom au détour d'une conversation avec Lorenzo. C'était un navigateur dont Sérénissima avait financé l'expédition aux Amériques. Pour remercier la ville et ses habitants, l'explorateur devait faire don à la cité, lors du bal du doge, d'un fabuleux masque d'or qu'il avait rapporté de son voyage.

*L'ombre du Chat*

Bernardo s'esclaffa :

– Sans façons… Quoique, maintenant que le Chat et ses complices sont sous les verrous, tu es sûr de passer une soirée tranquille !

Tout s'éclaircit dans l'esprit de Zélina. Et si son arrestation n'avait pas été une méprise, mais un coup monté ? Si le Chat s'était servi d'elle pour avoir les mains libres ce soir et profiter du carnaval pour dérober tranquillement le fameux masque d'or ? La jeune fille frappa rageusement la porte avec son poing. Maudit Chat ! Comment il était entré dans la loge pour voler les boucles et la compromettre restait un mystère… Cet homme était un véritable génie du crime !

La princesse réfléchit : pour prouver son innocence et celle de ses amis dans l'affaire du théâtre, elle devait absolument démasquer le Chat. Plus facile à dire qu'à faire, enfermée entre ces quatre murs… La jeune fille colla son œil sur le trou de la serrure et elle découvrit avec plaisir que la clé y était encore engagée. Comment la récupérer ?

## Prisonnière !

Tandis qu'elle détachait la mouche de taffetas qui lui servait habituellement à appeler sa marraine, Zélina se ravisa, honteuse.

– Ce n'est pas très honnête de ma part d'appeler Rosette maintenant, juste parce que j'ai besoin d'aide…

*L'ombre du Chat*

La princesse reposa la mouche et trifouilla dans ses cheveux. Elle en retira une épingle qu'elle enfonça dans le trou de la serrure. Au bout de quelques tentatives, la clé tomba par terre. Zélina confectionna un petit crochet avec l'épingle et elle récupéra le précieux sésame sous la porte. Il ne lui resta plus qu'à engager la clé dans la serrure en faisant une petite prière. Il y eut un déclic et la porte s'ouvrit…

La prisonnière regarda dans le couloir. Les deux soldats étaient descendus chercher la relève : la voie était libre. La princesse se faufila jusqu'à l'escalier. Hélas, les remplaçants de Guido et de Bernardo s'engageaient déjà dans le colimaçon, trois étages plus bas. Zélina n'eut d'autre choix que de monter les marches pour tenter de leur échapper… Elle devait faire vite. Déjà, les gardes s'étaient aperçus de son évasion et avaient donné l'alerte. Elle entendait leurs cris résonner derrière elle :

## Prisonnière !

– La prisonnière s'est enfuie ! Rattrapez-la !

La fugitive accéléra le pas et déboucha sur un petit palier, face à une porte fermée. Elle poussa son loquet ; la porte s'ouvrait sur le toit de la tour. Zélina, haletante, se pencha par-dessus le parapet : le mur était lisse, impossible à escalader… À ses pieds brillait l'eau d'un canal. La voix d'un soldat retentit derrière elle :

– La voilà ! Elle ne peut pas nous échapper !

La princesse prit alors son courage à deux mains : elle grimpa sur le parapet, releva sa robe et se jeta dans l'eau trouble !

# 7
# Dans la nuit glaciale de Sérénissima

– Vous avez fouillé tous les recoins, vous êtes sûrs ? beugla le capitaine des gardes.

Les soldats se regardèrent et secouèrent la tête de haut en bas. Peu convaincu, le capitaine balaya la surface de l'eau avec sa lanterne :

– D'accord… Peut-être que la donzelle s'est noyée. Après une chute pareille, ça n'aurait rien

d'étonnant ! En tout cas, pour cette nuit, vous doublez les patrouilles. Tâchez au moins de retrouver son corps...

L'officier pensait déjà au rapport qu'il serait obligé d'écrire pour relater l'incident, et cette idée le déprimait...

– C'est bon, rompez, grommela-t-il. Et surveillez mieux ses complices...

La porte de la prison se referma. Quelques minutes passèrent, avant qu'une forme émerge discrètement d'une bouche d'égout percée dans le quai. Zélina avait mal partout... Le choc avec la surface de l'eau avait été terrible et elle était restée un instant inconsciente. Ranimée par la fraîcheur du canal, elle s'était réfugiée dans ce conduit où elle pouvait à peine respirer.

« C'est une chance qu'ils n'aient pas pensé à regarder sous leurs pieds... » se dit-elle, en glissant lentement le long du quai jusqu'à un petit escalier.

La princesse sortit de l'eau et s'enfonça, grelottante, dans les ruelles obscures de Sérénissima. Elle s'était évadée, mais elle n'était pas sortie d'affaire pour autant… C'était une fugitive, recherchée par tous les soldats de Sérénissima.

Zélina erra ainsi quelques minutes, sans but précis, se jetant dans l'ombre à chaque bruit suspect. Fort heureusement, les rues de la ville étaient presque désertes à cette heure tardive : mis à part un groupe de fêtards pressés et un chat noir efflanqué qui la suivit un instant, elle ne croisa personne.

*L'ombre du Chat*

Ses pas hésitants la menèrent jusqu'à une place reculée de la ville. Là, elle entendit des voix et se cacha dans l'embrasure d'un porche. Au bout de quelques minutes, elle osa se pencher pour jeter un coup d'œil. Elle découvrit quelques silhouettes réunies autour d'un brasero. C'était une troupe de théâtre ambulante qui essayait de se réchauffer dans la nuit froide. Transie, la jeune fille fut un instant tentée de les rejoindre, mais elle chassa vite cette idée de son esprit. Elle devait rester prudente…

Les comédiens lui tournaient le dos et devisaient gaiement. Quelques mètres derrière eux, au pied du chariot qui leur servait de scène, la fugitive aperçut une malle ouverte, remplie de tissus et de costumes de théâtre. Voilà qui lui permettrait de s'inviter au bal du doge ! Si elle parvenait à s'emparer de l'un d'eux… Elle s'en approcha sur la pointe des pieds, puis, après s'être débarrassée de ses vêtements mouillés, elle saisit un drap pour se frictionner. Hélas, elle ne vit pas le gobelet d'étain posé dessus ; il tomba sur les pavés en faisant un vacarme d'enfer.

*Dans la nuit glaciale de Sérénissima*

— Holà, qui va là ? s'exclama l'un des acteurs en se retournant.

Accroupie derrière la malle, Zélina se mordit les lèvres. Au même instant, elle entendit un miaulement, et le chat noir passa sous son nez…

— Laisse tomber, ce n'est qu'un vieux matou qui vient se réchauffer avec nous…

*L'ombre du Chat*

La princesse se dépêcha de se sécher. Elle enfila à la hâte une tenue d'arlequin et un masque qui dépassaient de la malle.

« Désolée, dit-elle pour elle-même, je sais que ce n'est pas bien de voler, mais là, je n'ai pas le choix ! »

Bien cachée derrière son masque d'arlequin, elle pouvait maintenant entrer *incognito* chez le doge !

# 8
# Le masque d'or de Don Pizario

La fête battait son plein au palais du doge. Bien que méconnaissable dans sa tenue d'arlequin, Zélina serra les dents en se faufilant au milieu des invités déguisés. Là, la jeune fille ouvrit grand les yeux et les oreilles. Les conversations allaient bon train à propos des événements de la veille :

– Cette pauvre Cornelia… Il paraît qu'elle ne s'est toujours pas remise de la félonie de cette prétendue princesse…

*L'ombre du Chat*

– Ne m'en parlez pas ! On dit que la signora n'est plus sortie de son palais, où elle pleure sa boucle perdue de toutes les larmes de son corps…

– Heureusement, nous ne risquons plus rien : le Chat est sous les verrous !

« S'ils savaient… » pensa Zélina.

Elle se rapprocha du masque, exposé sur une estrade au centre de la salle de bal. Elle ne put s'empêcher d'être impressionnée par le joyau. Serti de diamants et de pierres précieuses, il brillait de mille feux.

« Ouf ! se dit Zélina, le Chat n'est pas encore passé à l'attaque ! »

Le doge demanda le silence et convia Don Pizario à monter avec lui sur l'estrade.

– Don Pizario, déclara-t-il en serrant chaleureusement la main de son invité d'honneur, c'est un immense honneur pour Sérénissima de recevoir ce cadeau ! Permettez-moi de vous remercier, au nom de tous les habitants de Sérénissima !

– Excellence, sans le soutien de votre cité, je n'aurais jamais pu disposer de bateaux… Il est

## Le masque d'or de Don Pizario

normal que les richesses que j'ai rapportées des Amériques lui profitent, ainsi qu'à ses enfants !

Un tonnerre d'applaudissements salua ses paroles. Derrière Zélina, quelqu'un murmura à l'oreille de son voisin :

– Pour nous faire un tel cadeau, je n'ose imaginer la quantité d'or qu'a amassée Don Pizario…

La princesse scruta les convives. Le Chat se trouvait certainement dans cette foule. Comment le reconnaître ? Elle n'avait, hélas, aucune idée de ce à quoi ce brigand pouvait ressembler…

## L'ombre du Chat

L'orchestre entama une valse, et les hôtes du doge s'éparpillèrent pour danser. Soudain, alors qu'ils avaient à peine esquissé quelques pas, l'immense lustre de cristal qui illuminait la pièce se détacha du plafond et s'écrasa sur le parquet, semant la panique dans l'assistance. Aussitôt, un désordre indescriptible gagna la salle de bal ; les gens couraient dans tous les sens, se cherchant les uns les autres dans la pénombre. La princesse se raidit.

« Ça y est ! Le Chat passe à l'action ! »

*Le masque d'or de Don Pizario*

Elle se força à ne pas quitter le masque d'or des yeux. Le Chat ne se fit pas attendre très longtemps. Profitant de la pagaille, une main gantée de cuir s'empara du cadeau de Don Pizario, et l'homme le glissa prestement sous sa chemise. Il était de taille moyenne, plutôt fluet. Il portait une cape sombre, un loup noir bordé d'une voilette qui lui couvrait le visage et un chapeau à larges bords.

– Le Chat ! cria Zélina.

Dans la cohue, personne n'entendit la princesse, hormis l'homme lui-même qui tourna la tête. Leurs regards se croisèrent un instant, et Zélina frissonna. Ces yeux… ils ne lui étaient pas totalement inconnus… Où les avait-elle vus ?

Le Chat rabattit sa cape et s'enfuit par une porte-fenêtre ouverte sur une terrasse. La jeune fille se lança à sa poursuite. Alors qu'elle franchissait la porte, le voleur bondit sur le quai qui longeait le palais. La princesse se pencha par-dessus la balustrade. Elle aperçut le Chat qui filait à toutes jambes en direction d'une gondole. Une petite

*L'ombre du Chat*

ombre glissa le long d'une gouttière et sauta sur son épaule. Zélina reconnut la silhouette d'un singe…

– Pas question que vous m'échappiez, tous les deux ! grogna-t-elle en enjambant à son tour la rambarde.

# 9
# Duel en eaux troubles

Zélina roula sur les pavés et se releva sans trop de mal. Elle regarda dans la direction du Chat. Le gredin, trop occupé à larguer les amarres, ne l'avait pas vue. Prenant son courage à deux mains, la jeune fille courut à en perdre haleine jusqu'au bout du quai. Déjà, la gondole du Chat commençait à s'éloigner dans la brume. Avec l'énergie du désespoir, Zélina bondit vers la barque et atterrit sur son pont.

*L'ombre du Chat*

– Je te tiens, scélérat! s'écria crânement la princesse.

L'inconnu éclata de rire.

– Tu es bien présomptueux, jeune arlequin... Tu n'as même pas d'épée! Je vais t'écraser comme un cafard!

Joignant le geste à la parole, il brandit son aviron sur la tête de sa poursuivante. Zélina esquiva le premier coup. Hélas, le second frappa son épaule de plein fouet et la projeta dans l'eau du canal. Mais il en fallait plus pour entamer la détermination de l'héritière du trône de Noordévie : en quelques brasses, elle revint à la gondole et parvint à s'accrocher à la coque noire. Après plusieurs essais infructueux, elle réussit à lancer sa jambe par-dessus le bordage. Tandis qu'elle tentait de se hisser sur le pont, la jeune fille se retrouva face au singe du voleur. Le capucin\* grogna en lui montrant les dents. En réponse, la princesse poussa un cri terrible! Effrayé, l'ani-

\* Espèce de singe de petite taille.

*Duel en eaux troubles*

mal courut se réfugier derrière les jambes de son maître.

– Tu es pire qu'une sangsue, arlequin…, marmonna le Chat en dégainant son épée. Tu vas me faire le plaisir de lâcher mon bateau !

L'inconnu menaça la princesse de la pointe de sa rapière. Mais il hésita à l'heure de l'embrocher.

– Non, je ne peux pas, balbutia-t-il d'une voix tremblante.

## L'ombre du Chat

À cet instant, Zélina, toujours accrochée au flanc de la barque, sentit l'eau bouillonner autour d'elle. Un gigantesque tentacule jaillit du canal et, enserrant la gondole, la souleva dans les airs ! Déséquilibré, l'homme en noir bascula dans les flots où il ne tarda pas à disparaître. Alors que la princesse se sentait défaillir, un autre tentacule l'entoura avec délicatesse et la posa sur le pont de la gondole.

*Duel en eaux troubles*

Lorsqu'elle reprit ses esprits, Zélina découvrit avec horreur que son étrange sauveteur n'était autre... qu'un calmar géant ! Mais elle reconnut aussitôt l'éclat coquin qui brillait dans l'œil immense de la bête, et elle éclata de rire :

– Marraine ? C'est toi ?

En effet, ce calmar n'était autre que Rosette métamorphosée !

– Je suis désolée, c'est tout ce que j'ai trouvé pour venir à ton aide..., chuinta Rosette.

– Je crois que je n'ai jamais été aussi contente de voir un calmar ! s'exclama la princesse en serrant l'énorme carcasse gélatineuse dans ses bras.

Leur étreinte fut interrompue par un appel déchirant :

– Au secours ! Je me noie... Je ne sais pas nager !

N'écoutant que son courage, Zélina replongea dans les eaux sombres du Grand Canal. Elle saisit le Chat sous les bras et le ramena à la gondole. D'un coup de tentacule, Rosette l'aida à le hisser sur le pont. La princesse allongea le voleur sur le

pont et lui arracha son masque. Elle eut alors un mouvement de recul :

– Ce n'est pas possible… Cornelia ! Mais…

– … pourquoi ? gémit le Chat. Parce qu'en mourant, mon père ne m'a laissé que des dettes ! Il ne me reste que mon nom et, à cette heure, il ne vaut plus grand-chose…

La princesse regarda Cornelia, incrédule :

– Et ces grandes fêtes ? Et votre palais, vos diamants ?

La voleuse sanglota.

– J'ai dû vendre tous mes bijoux, mes diamants sont des faux. Quant à mon palais, il tombe en ruine… Mais vous, qui êtes-vous ?

Zélina retira son masque, dépitée. Ce fut au tour de Cornelia de manquer s'étrangler.

– Vous ? Princesse Zélina ?

– Pourquoi avez-vous choisi de me faire accuser, moi ?

– Vous êtes étrangère. Comme personne ne vous connaissait à Sérénissima, il était plus facile

de vous compromettre. Et puis, vous sembliez si jeune, si insouciante, si naïve. Je m'étais lourdement trompée…

Cornelia se cacha les yeux pour pleurer.

– Me pardonnerez-vous le mal que je vous ai fait ?

# 10
## Que la fête commence !

La gondole, poussée par Rosette, regagna rapidement la rive. Les échos de la lutte entre Zélina et le Chat avaient attiré le doge et sa suite sur le quai. Lorsque l'étrange équipage émergea de la brume, la foule frémit d'effroi. Des cris fusèrent, des dames défaillirent, des gardes pointèrent leurs hallebardes… Zélina, debout à l'avant de l'embarcation, tenta de les rassurer.

*L'ombre du Chat*

— Ne craignez rien, mes amis…, cria-t-elle. Ce grand calmar est totalement inoffensif !

Aussitôt, l'énorme animal disparut dans la nuit. Rosette profita du brouillard pour retrouver discrètement sa forme d'origine et vint se poser sur l'épaule de sa filleule.

— Toujours fâchée ? susurra-t-elle, moqueuse, à son oreille.

— Ma petite marraine, si tu savais combien j'ai honte de toutes les horreurs que j'ai pu te dire…

La gondole accosta, et la princesse descendit sur le quai, poussant sa prisonnière devant elle. Elle salua respectueusement le doge :

— Excellence, je vous présente le Chat !

Le maître de Sérénissima dévisagea Cornelia sans comprendre.

— Signora Galfieri ? Qu'est-ce que cela signifie ?

La jeune femme baissa les yeux et murmura d'une voix à peine audible :

— C'est vrai… Vous trouverez ce que vous cherchez sous ma chemise.

## Que la fête commence !

Ce fut au tour de Cornelia d'être fouillée. Le capitaine des soldats du guet brandit triomphalement le masque d'or.

– Je l'ai, Excellence ! La gredine n'a pas menti…

– Mais cette demoiselle…, s'interrogea le doge en se tournant vers Zélina.

– Elle n'a rien à voir avec les agissements du Chat…, balbutia Cornelia. C'est moi seule qui ai tout manigancé ! Moi aussi qui ai glissé ma boucle d'oreille dans sa ceinture pour la faire accuser…

## L'ombre du Chat

Sous les huées de l'assistance, Zélina exhorta Cornelia à s'expliquer. Cette dernière avoua tout. Elle avait dressé son petit singe à chaparder et à se cacher sous sa robe. C'était lui qui avait dérobé les bijoux de la signora Sforza, et détaché le lustre de cristal ce soir.

Le doge ordonna de jeter la voleuse et son petit complice en prison. Désespérée, la jeune femme s'effondra aux pieds de la princesse. Devant sa détresse, Zélina sentit son cœur se serrer.

Elle aida Cornelia à se relever :
– J'espère que le tribunal qui vous jugera saura être clément…

Et Cornelia fut emmenée à la Tour de l'Oubli.

Le doge, l'air confus, se pencha vers la princesse.
– Votre Altesse, je suis vraiment désolé pour le tort que nous vous avons causé. J'espère que vous ne garderez pas un trop mauvais souvenir de Sérénissima… Y a-t-il quelque chose que je puisse faire afin de tenter d'effacer tout cela ?

Zélina n'hésita pas un instant :

– Commencez par libérer mes compagnons, Malik et Lorenzo de Loftburg… Ils sont tout aussi innocents que moi !

Le doge glissa quelques mots au capitaine de sa garde. Ses soldats ne tardèrent pas à revenir, escortant Malik et Lorenzo soulagés. La jeune fille sauta au cou de son amoureux et le couvrit de baisers. Devant tant d'effusions, le doge détourna le regard, non sans un petit sourire. D'un large geste de la main, il invita la foule à rejoindre les salons de son palais :

– Maintenant, chers amis… Que la fête commence !

# Dans la même collection

| N° 1<br>L'héritière<br>imprudente | N° 6<br>L'île<br>aux espions | N° 11<br>L'évadé<br>d'Ysambre | N° 16<br>Les enfants<br>perdus |
|---|---|---|---|
| N° 2<br>Le rosier<br>magique | N° 7<br>Le poignard<br>ensorcelé | N° 12<br>L'étoile<br>des neiges | N° 17<br>Le lotus<br>pourpre |
| N° 3<br>La fille<br>du sultan | N° 8<br>Un mariage<br>explosif ! | N° 13<br>Le Viking<br>attaque | N° 18<br>Les naufragés<br>du vent |
| N° 4<br>Prisonniers<br>du dragon | N° 9<br>Panique<br>à Obéron ! | N° 14<br>Le secret<br>de Malik | N° 19<br>La comète<br>de Malik |
| N° 5<br>Les yeux<br>maléfiques | N° 10<br>La comédie<br>de l'amour | N° 15<br>Le grand prix<br>de Noordévie | N° 20<br>L'ombre<br>du Chat |

Auteur : Bruno Muscat. Illustrateur : Philippe Sternis
Couleurs : Franck Gureghian. Illustrations 3D : Mathieu Roussel.
D'après les personnages originaux d'Édith Grattery et Bruno Muscat

© Bayard Éditions, 2009
18, rue Barbès, 92128 Montrouge
Princesse Zélina est une marque déposée par Bayard.

ISBN : 978-2-7470-2560-7
Dépôt légal : février 2009
Loi 49 956 du 16 juillet 1949 sur les publications destinées à la jeunesse
Reproduction, même partielle, interdite
Imprimé par Pollina, Luçon (France) - L48554